Siencyn a'r Gêm Rygbi

Tanya L. James

Lluniau gan **Petra Brown**

Addasiad **Ion Thomas**

Gomer

Cyhoeddwyd gyntaf yn 2016 gan
Wasg Gomer, Llandysul, Ceredigion SA44 4JL
www.gomer.co.uk

Cyhoeddwyd gyntaf yn Saesneg yn 2015 gan
Pont Books, gwasgnod Gwasg Gomer,
dan y teitl *Sid and the Rugby Match*

ISBN 978 1 78562 133 8

Dymuna'r cyhoeddwyr gydnabod cymorth ariannol
Cyngor Llyfrau Cymru.

Argraffwyd a rhwymwyd yng Nghymru gan
Wasg Gomer, Llandysul, Ceredigion.

Pennod Un

Roedd yr hydref wedi cyrraedd ac roedd hi'n ddiwrnod gwyntog ym mhentref Cwmhendy.

Eistedd yn gwylio Dad yn casglu'r dail crin a oedd wedi cwympo oddi ar y coed roedd Siencyn y ci. Roedd gan Dad raca mawr i'w llusgo nhw at ei gilydd yn bentwr melynfrown, anferth. Dechreuodd Siencyn holi'n dawel pam oedd y mynydd o ddail yn gorfod bod yn yr union fan lle

roedd e wedi gadael ei bêl goch orau. Am drafferth!

'O wel, dyna ni,' meddyliodd Siencyn, 'gwell i mi fwrw at rai o'r tasgau eraill sy gen i i'w gwneud yma yn yr ardd cyn troi at y bêl.'

Neidiodd i fyny ar y fainc ac edrych ar yr annibendod ar fwrdd yr adar. Am lanast! Byddai briwsion a darnau o fara'n cael eu rhoi arno bob dydd.

'Reit,' meddyliodd Siencyn, 'clirio amdani 'te!'

Llyncodd y bara'n gyflym cyn llyfu'r bwrdd yn lân (wrth i'r adar syllu arno'n ddig).

Yna, rhedodd ar hyd llwybr yr ardd nes cyrraedd y lein ddillad. Yno, ar y lein, roedd ei flanced feddal arbennig yn chwifio'n fywiog yng ngwynt yr hydref.

'Pam mae 'mlanced i lan yn fan'na, yn chwythu i bob man?' meddyliodd Siencyn.

'Gwell i fi ei thynnu hi lawr cyn i'r gwynt ei chipio.'

Neidiodd i fyny gan afael ynddi â'i ddannedd, ac yna llusgo'r flanced drwy'r borfa fwdlyd yr holl ffordd at ddrws y gegin.

'Bydd Mam mor falch 'mod i wedi'i helpu hi,' meddyliodd. Ond roedd drws y gegin ar gau, felly penderfynodd adael y flanced ar y grisiau fel anrheg iddi.

'Nawr 'te,' meddyliodd Siencyn, 'mae'n bryd i mi nôl fy mhêl goch.'

8

Rhuthrodd heibio Dad a oedd yn cael disgled o de ac anelu at y pentwr taclus o ddail.

'Barod neu beidio, bant â ni!' cyfarthodd yn hapus.

Plymiodd i ganol y mynydd o ddail crin gan dwnelu ei ffordd yn ddyfnach i'w canol, a'u gwasgaru nhw i bob cyfeiriad, nes dod o hyd i'w bêl fach goch. Bobol bach, roedd e wrth ei fodd.

Yna brysiodd Siencyn yn fodlon tua'r tŷ i ddangos i Geraint ei fod wedi dod o hyd i'w bêl ar ben ei hun bach. O, byddai Geraint mor falch ohono.

Yn sydyn, safodd Siencyn ar ganol cam. Yno
o'i flaen roedd Mam, Dad a Geraint yn sefyll
ar ganol y llwybr yn edrych yn syn ac yn flin.
Beth oedd yn bod? Eisteddodd a gwrando.

'Sut ar y ddaear mae blanced Siencyn
mor frwnt, a sut wnaeth hi gyrraedd drws y
gegin?' gofynnodd Mam.

Cyfarthodd Siencyn. 'Fi wnaeth, Mam! Fe wnes i ei chario hi at ddrws y gegin i chi.'

Ond y cyfan a wnaeth Mam oedd rhoi ei llaw ar ben Siencyn, heb wrando gair arno.

'Dwi ddim yn deall y peth,' cwynodd Dad. 'Bues i'n casglu'r dail yn yr ardd am oriau. Newydd orffen ydw i, ac edrychwch beth mae'r gwynt wedi ei wneud – eu chwythu nhw i bobman. Am annibendod!'

'O!' meddyliodd Siencyn. 'Dyna beth oedd gwynt drwg iawn. Meddyliwch amdano'n chwythu pentwr dail taclus Dad i bobman.' Wel, byddai'n rhaid iddo gynnig help llaw i Dad i roi trefn ar y dail eto yn nes ymlaen, felly.

'Ac edrychwch pa mor wag yw'r bwrdd adar. Dwi'n amau fod cath drws nesaf wedi bod yn dwyn y bwyd roddon ni yno ar eu cyfer,' meddai Geraint. 'Does dim briwsionyn ar ôl.'

Sgrialodd Siencyn o gwmpas coesau Geraint, gan gyfarth.

'Na, Geraint, fi oedd e! Dwi wedi bod yn glanhau bwrdd yr adar i ti bob dydd am mai ti yw fy ffrind gorau,' cyfarthodd.

Pam nad oedd neb yn gallu gweld mor brysur roedd e wedi bod trwy'r bore? Roedd Siencyn wrth ei fodd yn helpu pawb gyda'u gwaith. Teimlai ei fod yn rhan bwysig o'r teulu. Roedd hi'n bechod nad oedd Mam a Dad a Geraint wedi sylweddoli gymaint roedd e wedi gwneud drostyn nhw yn ystod y dydd.

Roedd Siencyn yn siomedig. Felly, gorweddodd yn yr haul a gorffwyso'i drwyn yn bwdlyd ar ei bawennau.

Pennod Dau

Yr eiliad honno, gofynnodd Dad i Geraint a fyddai'n hoffi chwarae pêl.

'Beth?' meddyliodd Siencyn, gan godi ei glustiau. Gydag e y byddai Geraint yn chwarae pêl fel arfer, nid gyda Dad. Beth oedd yn digwydd? Oedd e wedi'i glywed yn iawn?

'Dere i ni gael ymarfer bach sydyn,

Geraint. Mae gêm gyda ti y prynhawn 'ma,' meddai Dad.

'Iawn, fe af i nôl y bêl,' atebodd Geraint.

'Nôl y bêl! Beth oedd e'n feddwl?' meddyliodd Siencyn. Fedrai Geraint ddim gweld bod ganddo ei bêl fach goch yn ddiogel o dan ei bawen, a'i fod yn barod i chwarae?

Yna daeth Geraint i'r golwg eto, yn cario pêl ryfedd iawn yr olwg. Doedd hi ddim yn gron fel pêl Siencyn. Doedd hi ddim chwaith yn goch. Roedd siâp rhyfedd iawn arni. Roedd hi'n fawr yn y canol ond yn fach ar bob pen, ac yn wyn. Edrychai fel . . . wy enfawr!

Eisteddodd Siencyn yn syn gan wylio Dad
a Geraint yn cicio'r bêl wen ryfedd yn uchel
i'r awyr, yn ôl ac ymlaen i'w gilydd.

Fe fuon nhw'n ei chicio a'i chicio yn ôl ac
ymlaen gymaint, nes iddi fynd yn fwy ac yn
fwy brwnt bob tro.

Dechreuodd Siencyn deimlo'n flin gan nad oedd yn rhan o'r gêm, felly dechreuodd gyfarth yn uchel i ddweud wrth Dad a Geraint ei fod eisiau ymuno yn y chwarae.

'O! Gadewch i mi chwarae! Plis ga i chwarae? Dwi eisiau dal y bêl hefyd,' meddyliodd Siencyn.

Yna, dechreuodd Dad a Geraint daflu'r bêl i'w gilydd. Neidiodd Siencyn ar ei draed. Efallai mai dyma oedd ei gyfle. Neidiodd yn uwch ac yn uwch. Ond roedd y bêl yn rhy uchel ac allan o'i gyrraedd bob tro.

Cyfarthodd yn fywiog a rhedeg mor gyflym ag y medrai rhwng Dad a Geraint, yn ceisio'i orau i ddal y bêl.

Doedd dim gwahaniaeth pa mor gyflym roedd Siencyn yn rhedeg, doedd e ddim yn gallu dod yn ddigon agos at y bêl i'w dal. Roedd Dad a Geraint yn rhy gryf ac yn rhy gyflym iddo. Blinodd ei goesau byrion, felly penderfynodd eistedd yn drist a'u gwylio nhw am sbel.

Doedd dim cyfle iddo gael y bêl. Dim cyfle o gwbl, meddyliodd.

Yna'n sydyn, methodd Dad ddaliad! Rowliodd y bêl at ymyl y lawnt. Fedrai Siencyn ddim credu'i lygaid. Dyma'i gyfle! Saethodd i lawr y llwybr, a gafael yn y bêl wrth iddi fownsio am y tro olaf a rowlio dan y goeden afalau. Rywsut, llwyddodd Siencyn i gael gafael ynddi yn ei geg a dechreuodd redeg fel y gwynt.

Pennod Tri

'Dere, Siencyn, rho'r bêl rygbi 'nôl i ni!' gwaeddodd Geraint, wrth i Dad ac yntau gwrso'r ci bach o gwmpas yr ardd.

O gwych! O'r diwedd, roedd Siencyn yn rhan o'r gêm o'r diwedd. Roedd e'n cael chwarae mewn gêm go iawn. Teimlai'n sobor o bwysig.

Cyn gynted ag oedd e wedi rhedeg o gwmpas yr ardd, lan a lawr y llwybr, o gwmpas y lein ddillad a'r ardd lysiau, ac yna stopio, gwelodd fod Dad yn pwyso ar y wal. Roedd wedi colli ei wynt yn lân ac roedd ei wyneb yn goch. Cerddodd Geraint yn araf tuag ato gan ddweud,

'Chwarae teg, Siencyn. Rwyt ti'n gallu rhedeg fel y gwynt. Doeddwn i ddim yn credu y byddwn i'n gallu dy ddal di byth.'

Teimlai Siencyn yn hynod falch ohono'i hun a chwifiodd ei gynffon fel baner. Yna, eisteddodd gan ollwng y bêl wrth draed Geraint.

Mwythodd Geraint ben a chefn Siencyn. Edrychodd Siencyn i fyny arno, ei dafod yn hongian allan ar un ochr o'i geg wrth iddo anadlu'n gyflym.

'Da iawn. Bachgen da, Siencyn,' meddai Geraint â gwên fawr. 'Fe wnawn ni chwaraewr rygbi ohonot ti eto.'

'Geraint, mae'n bryd i ti fynd i newid i dy ddillad rygbi. Mae hi bron yn amser y gêm,' meddai Dad yn ymladd am ei wynt.

'W! Wrth gwrs,' atebodd Geraint, gan frysio i'r tŷ i baratoi.

Gorweddodd Siencyn yn yr haul unwaith eto am ychydig funudau, yn falch o'i gamp yn chwarae rygbi. Ie – gydag ychydig bach mwy o ymarfer, gallai fod yn chwaraewr medrus iawn, meddyliodd, cyn dechrau hepian cysgu.

Funudau'n ddiweddarach, daeth Geraint o'r gegin yn ei ddillad rygbi. Agorodd Siencyn un llygad a meddyliodd fod ei ffrind yn edrych yn hynod smart.

Roedd bathodyn arbennig ar ei grys yn dangos ei fod yn aelod o Dîm Rygbi Cwmhendy. Twt iawn.

Yn sydyn, dechreuodd Siencyn feddwl ble roedd ei ddillad rygbi yntau. A oedd Geraint wedi anghofio fod angen iddo fe baratoi hefyd? Cofiodd fod ganddo grys-T bach yn rhywle. Byddai angen hwnnw arno. Roedd Geraint yn llawer rhy brysur i'w helpu i chwilio amdano, felly aeth Siencyn o gwmpas y tŷ gan snwffian ym mhob twll a chornel. Chymerodd hi ddim yn hir. Roedd y crys o dan fwrdd y gegin.

Llwyddodd yn y diwedd i stryffaglu i mewn i'r crys-T bychan. Aeth ei ben yn sownd ond o'r diwedd llwyddodd i'w ryddhau.

Safodd ac edrychodd ar ei hunan yn y drych gan feddwl ei fod yn edrych yn hynod broffesiynol.

Roedd e'n bendant yn un o'r tîm nawr. Teimlai'n bwysig dros ben.

Pan welodd Geraint a Dad y ci bach a'r coesau byrion a'r gynffon gyrliog yn tasgu i mewn i'r stafell yn gwisgo'i grys rygbi ei hun, chwerthin a mwytho'i ben wnaeth y ddau.

'Fy hen grys rygbi i yw hwnna,' meddai Geraint. 'Yr un grebachodd yn y golch poeth!'

'O Siencyn, rwyt ti'n gi bach doniol,' ychwanegodd Dad. 'Dere i ni gael ti mas o'r crys 'na, wir.'

'O gadewch iddo fe wisgo fe, Dad,' meddai Geraint. 'Mae'n edrych yn wych. Fydd ci neb arall yn gwisgo crys-T fel 'na, gewch chi weld!'

Gan gyfarth yn llawen, neidiodd Siencyn i gôl Geraint a llyfu ei ên. Yna bant â nhw.

Pennod Pedwar

Pan gyrhaeddon nhw faes chwarae Cae Top, rhedodd Geraint i chwilio am aelodau eraill o dîm Cwmhendy. Roedd yna dorf o bobl yn sefyll ar hyd yr ystlys. Wrth i Geraint a'i ffrindiau redeg ar y cae dechreuodd pawb chwifio'u baneri.

Cyfarthodd Siencyn gan dynnu ar ei dennyn. Roedd e eisiau ymuno â'r tîm ar y cae hefyd. 'Sori, Siencyn,' meddai Dad. 'Dim ond bechgyn sy'n cael chwarae yn y gêm hon heddiw. Does dim cŵn, dwi'n ofni.'

Taflodd Siencyn ei hun ar y borfa'n drist. Teimlai mor siomedig. Doedd Dad ddim yn deall – roedd e a Geraint wastad yn chwarae pêl gyda'i gilydd. Roedden nhw'n ffrindiau gorau. Doedd dim ots mai ci oedd e – dim ots o gwbl. Rhoddodd ochenaid fach a gosod ei ben ar ei bawennau.

Yna clywodd sŵn gwichian uchel. Roedd chwiban wedi cael ei chwythu. Syllodd Siencyn yn syn wrth i'r bêl gael ei chicio i fyny ac i lawr, yn ôl ac ymlaen yn gyflym ar hyd y cae. Doedd e ddim yn deall beth oedd yn digwydd. Doedd e ddim yn deall y gêm hon o gwbl.

Fel arfer, byddai Geraint yn taflu'r bêl a Siencyn yn cael gafael ynddi ac yn ei dychwelyd iddo. Ond roedd y gêm hon yn wahanol. Doedd hi ddim yn gwneud synnwyr. Doedd neb, dim un chwaraewr, yn rhoi'r bêl 'nôl i Geraint a'i gollwng wrth ei draed, fel y byddai e'n arfer gwneud.

'Wel, dyw hyn ddim yn iawn,' meddyliodd Siencyn. Druan â Geraint. Teimlai biti drosto gan nad oedd yn cael gafael ar y bêl.

Dechreuodd gwyno a chwyno gan dynnu ar ei dennyn, yn erfyn ar Dad i'w ollwng yn rhydd. Pam na allai Dad weld bod angen ei help ar Geraint er mwyn cael y bêl? O, pam na fyddai'n ei ollwng yn rhydd?

Roedd Siencyn yn siŵr fod ar Geraint ei angen yr eiliad honno, ond doedd Dad ddim am ei ollwng o'i afael. 'Stedda a bydd dawel,' dwrdiodd hwnnw.

Ceisiodd Siencyn ei orau. Eisteddodd wrth

draed Dad, ei ben yn gorffwys ar ei esgidiau. 'O, mae'r sefyllfa mor annheg!' cwynodd.

Ond roedd hi'n amhosibl iddo eistedd a gwylio – roedd ei angen o ddifri ar y cae. Felly, wrth i Dad wylio'r gêm a sgwrsio gyda hwn a'r llall, aeth Siencyn ati'n dawel bach i geisio rhyddhau ei hun o'i goler. Ysgydwodd ei wddf, ac yna'i ben a'i glustiau, nes i'r coler lithro dros ei drwyn du, sgleiniog. Camodd yn dawel bach oddi wrth draed Dad, drwy'r dorf swnllyd, nes iddo gyrraedd ystlys bella'r cae, ble gallai weld Geraint wrthi'n chwarae.

Cyfarthodd a chyfarthodd. 'Dyma fi, Geraint. Fan hyn! Ga i chwarae hefyd?'

Welodd Geraint mohono. Chlywodd e mohono chwaith. Ond fe wnaeth Dad, ac roedd golwg flin iawn arno. Hynod o flin.

Cododd goler a thennyn y ci i fyny i'r awyr, a'u chwifio'n grac. Yna, dechreuodd frasgamu o gwmpas y cae tuag at Siencyn.

Pennod Pump

Ceisiodd Siencyn ei wneud ei hun yn fach iawn, fel petai heb wneud dim o'i le. Ond roedd e'n gwybod yn iawn ei fod wedi bod braidd yn ddrwg. Roedd yn dechrau difaru sleifio i ffwrdd. Mae'n siŵr fod Dad wedi bod yn poeni amdano – yn credu ei fod ar goll, efallai.

Teimlai braidd yn ofnus, ac o wybod y byddai hwyliau drwg ar Dad, penderfynodd Siencyn guddio. Edrychodd o'i gwmpas i chwilio am le da i guddio, ond doedd e ddim yn gallu gweld unrhyw fan addas.

Yn sydyn, gwelodd fag chwaraeon enfawr yn gorwedd ar lethr bach wrth ymyl y cae. Rhedodd ato a sylwi bod y sip ar agor. Roedd digon o le iddo hefyd allu gwthio ei hun i mewn i'r bag. Heb feddwl ddwywaith,

neidiodd Siencyn i'w grombil gan wneud ei hun yn gysurus fel na fedrai neb ei weld. Arhosodd yn llonydd iawn, heb symud gewyn.

Tua'r un pryd, cyrhaeddodd Dad yr union fan lle roedd wedi gweld Siencyn ddiwethaf. Ond wrth gwrs, doedd dim golwg o'r ci bach yn unman. Doedd Dad ddim yn gallu meddwl i ble ar y ddaear y gallai'r ci bach fod wedi diflannu.

Yn ddwfn yn nhywyllwch y bag, dechreuodd Siencyn deimlo'n ofnus. Roedd hi'n ddu iawn yno a theimlai'n unig. Penderfynodd fod yn rhaid iddo ddianc ar unwaith er mwyn gallu gweld Geraint.

Byddai'n siŵr o deimlo'n well wedyn. Edrychodd o'i gwmpas am ffordd allan o'r bag. Ond wrth wneud hynny, dechreuodd glymu ei hun yn yr holl sanau a'r tywelion ac allai e ddim gweld ble roedd ceg y bag.

O bell, gallai glywed Dad yn gweiddi ei enw drosodd a throsodd. Roedd yn amlwg ei fod yn poeni.

'Siencyn! Siencyn! Dere 'ma, boi. Ble wyt ti? Siencyn!'

Y tu fewn i'r bag, neidiodd Siencyn yn llawn cyffro, yn awyddus i fod wrth ochr Dad.

Yn sydyn, teimlodd y bag yn dechrau llithro'n araf lawr y llethr. Dechreuodd symud yn gyflymach ac yn gyflymach, cyn dechrau troi drosodd a throsodd ar ras, wrth i goesau Siencyn bwmpio fel pistonau. Rowliodd y bag i lawr ac i lawr at waelod y llethr. Yna . . . THWMP!

O'r diwedd stopiodd y rowlio. Teimlai Siencyn yn benysgafn erbyn hyn, gan orwedd yn llonydd o dan holl gynnwys y bag.

Ble ar y ddaear oedd e?

Yna, sylweddolodd fod popeth o'i gwmpas wedi mynd yn hollol dawel. Roedd yr holl weiddi a'r sgrechian wedi tewi. Beth oedd wedi digwydd?

Daeth llais dros yr uchelseinydd. 'Wel, wel, dwi wedi gweld popeth nawr. Mae'n ymddangos fod gyda ni grwban anferth ar y cae heddiw! Stopiwch y gêm, fechgyn. Stopiwch y gêm,' chwarddodd y sylwebydd.

Yna, trodd siarad y dorf yn guro dwylo brwd wrth i bedair coes wen a chynffon gyrliog ymddangos o waelod y bag.

Llwyddodd Siencyn i wthio ei ffordd drwy'r sip agored ac allan ar y cae.

'O, Siencyn! Pwy ond ti?' llefodd Dad, gan redeg ato.

Tynnodd Geraint a Dad Siencyn allan o ganol y sanau a'r tywelion. Chwarddodd y dorf yn uchel wrth i'r ci neidio i freichiau Geraint gan gyfarth a chyfarth.

'Ti oedd yna, Siencyn! Ro'n i'n methu deall sut oedd y bag yn llwyddo i symud ar ei ben ei hun. Buodd raid i ni stopio'r gêm,' meddai Geraint.

'Dere, boi – 'nôl ar dy dennyn,' meddai Dad. 'Dim rhagor o'r campau yma, os gweli di'n dda.'

Pennod Chwech

Gadawodd Siencyn i Dad roi'r coler 'nôl amdano a'i dywys i ymyl y cae i wylio'r gêm. Eisteddodd yn dawel fel ci bach da – nes iddo sylwi bod y gêm rygbi yn edrych yn wahanol rywsut . . .

Roedd popeth fel petai wedi newid. Cododd Siencyn ar ei bedwar yn sydyn wrth weld bod y bechgyn i gyd wedi stopio rhedeg ac yn gwneud rhywbeth rhyfedd iawn. Edrychodd yn syn wrth eu gweld yn ffurfio cylch tyn, yn gostwng eu pennau ac

yn gwthio a thynnu wrth chwilio am y bêl a oedd wedi mynd ar goll ymysg yr holl goesau. Gallai hyn yn sicr fod yn beryglus i Geraint!

Cyfarthodd yn uchel, a mwmialodd Dad rywbeth.

'Hisht Siencyn, sgrym yw e. Edrych arnyn nhw'n ceisio chwilio am y bêl.'

Edrychodd Siencyn mor amyneddgar ag y medrai, ond ddaeth y bêl ddim i'r golwg. Ddim o gwbl.

'Dyna ni,' meddyliodd Siencyn. 'Digon yw digon!'

Llithrodd y coler yn ofalus dros ei ben unwaith eto a bant ag e i ymuno yn y gêm. Doedd dim dewis ganddo – roedd angen ei help ar y tîm – go iawn! Allai e ddim eistedd yn llonydd am funud yn rhagor a'u gwylio nhw'n stryffaglu chwilio am y bêl. Roedd galw am ei sgiliau.

Rhedodd Siencyn nerth ei goesau bach nes iddo gyrraedd y sgrym.

Doedd e ddim yn gallu gweld Geraint, ond cyfarthodd neges iddo i roi gwybod ei fod ar ei ffordd. Roedd e, Siencyn, y ci anhygoel, wedi cyrraedd a byddai'n siŵr o ddod o hyd i'r bêl i Geraint. Roedden nhw'n dîm, ac roedden nhw wastad yn helpu ei gilydd.

Felly, pan welodd Siencyn fwlch rhwng yr holl goesau, llamodd ymlaen yn ddewr nes gweld y bêl siâp rhyfedd yn gorwedd ar y borfa. Neidiodd arni'n sydyn gan afael ynddi â'i geg, cyn rhedeg nerth ei bawennau allan o'r sgrym ac i ganol y cae.

Teimlai ar ben ei ddigon. Roedd e wedi ei gwneud hi. Roedd e wedi dod o hyd i'r bêl i Geraint.

Stopiodd am eiliad er mwyn chwilio am Geraint ar y cae mawr. Roedd cymaint o bobl yno a chymaint o wynebau!

Wrth iddo feddwl beth i'w wneud, clywodd lais Dad yn galw.

Pennod Saith

'Siencyn! Siencyn, dere 'ma, boi!'

Roedd Dad yn sefyll ger y pyst rygbi anferth ym mhen pella'r cae.

'O wel!' meddyliodd Siencyn. 'Mae'n well i mi fynd â'r bêl i Dad. Efallai fod Geraint gydag e.'

Rhedodd yn hapus ac mor gyflym ag y gallai â'r bêl yn ei geg, a'i gollwng yn falch wrth iddo groesi'r llinell wen a oedd wedi'i pheintio ar y borfa.

Chwythodd y dyfarnwr ei chwiban cyn stopio'n sydyn. Dechreuodd y dorf weiddi a chymeradwyo.

'Mae'r ci wedi sgorio cais!'

'Sienc-yn, Sienc-yn,' dechreuodd pawb weiddi.

'O, waw!' meddyliodd Siencyn. 'Dwi wedi sgorio cais – ta beth yw hynny. Mae pawb yn edrych yn falch iawn ohona i.'

'Da iawn, Siencyn. Ond mae'n ddrwg gen i, dyw cŵn ddim yn cael sgorio. Mae yn erbyn y rheolau. Dim ond chwaraewyr y tîm sy'n cael gwneud,' meddai Dad.

'O!' meddyliodd Siencyn. 'Do'n i ddim yn ceisio sgorio. Dim ond eisiau helpu ro'n i.'

Yna gwelodd Geraint – ei ffrind gorau yn y byd – yn dod i'r golwg o ganol criw o fechgyn blinedig a mwdlyd. Rhedodd tuag at Siencyn a'i godi i'r awyr. Cofleidiodd ei gi bach gan ddweud, 'O, Siencyn, dwi mor falch ohonot ti. Roeddet ti'n torri dy fol eisiau fy helpu i. Dyna'r gyfrinach – gwaith tîm. Does dim ots ein bod ni wedi colli. Roedd e'n hwyl, on'd oedd e?'

Llyfodd Siencyn wyneb brwnt Geraint nes ei fod bron yn lân.

Yna cododd chwaraewyr tîm Cwmhendy y ci bach i fyny i'r awyr wrth i bawb ddechrau gweiddi:

'Go dda, Siencyn!'

'Hwrê!'

'Hip, hip . . . hwrê!'

Yna clywodd yr hyfforddwr yn dweud, 'Wel, Siencyn, dwi'n hapus iawn gyda'r ffordd wnest ti chwarae heddiw. Felly, tybed a fyddet ti'n fodlon derbyn yr anrhydedd o fod yn fasgot i dîm Cwmhendy? Cofia, bydd rhaid i ti ddod i bob un gêm, a'n cefnogi ni'n frwd. Beth amdani?'

'Wel, wel,' meddyliodd Siencyn, 'dyna beth yw gwaith pwysig IAWN. Mae hyn yn llawer pwysicach na helpu i olchi dillad a thacluso'r briwsion o fwrdd yr adar.'

Cyfarthodd ei ateb yn syth.

Wrth gwrs, byddai'n bendant yn hoffi bod yn fasgot i'r tîm. Dyna anrhydedd!

Felly mae Siencyn bellach yn fasgot i dîm rygbi Cwmhendy ac mae'n cael mynd i bob gêm. Mae'n cael gwisgo crys rygbi sy wedi cael ei gynllunio'n arbennig ar ei gyfer ac yn cael trotian yn falch ar y cae. Fe sy'n dechrau bob gêm hefyd – nid â chwiban, cofiwch chi, ond â'i gyfarthiad uchel, bywiog.